허공으로의 도약

허공으로의 도약

조창환 시집

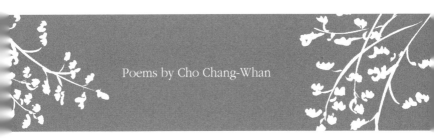

Poems by Cho Chang-Whan

동학사

내 시는 존재의 내면에 깃든 신성神性의 뿌리에까지 돌파해 들어가기 위한 모색의 궤적이다. 존재는 신성의 뿌리에서 뻗어 나온 가지요, 잎이며, 그림자다. 이러한 생각은 최근 내가 관심을 가지고 있는 중세 신비주의 신학자 마이스터 에크하르트의 범재신론汎在神論에 연결되어있다.

몇 해 동안 고성군 아야진 바닷가에 머물면서 동해 바다와 설악산을 원 없이 오갔다. 이 시들은 그곳 생활을 정리하면서 마무리한 내 내면의 고백이다.

2017년 5월

조창환

조창환 시집 |차례|　　　　■ 시인의 말 5

3

4

01

이런 새벽

새벽 바다는 외롭고 깊고 쓸쓸하다

흐린 수평선 쪽으로 어둠 밋밋하게 물러가며

구름 사이로 붉은 울음을 토하고

갈매기들 한 줄로 나란히 파도 위에 앉아

참선參禪 삼매경三昧境에 빠져있다

이런 새벽은 달항아리 같아

외롭고 깊고 쓸쓸한 것들이

그득해져서 아름다운 그늘이 된다

바다, 대침묵에 들어간

그믐밤 바다는 대침묵에 들어간다

오래된 숯가마에서 여윈 시간이 입 다물고 있다

무릎으로 언덕을 기어오르던 날의 기억

고행보다 독한 침묵만이 출렁일 때

캄캄한 바다는 깊고 아득하고 눈물겹다

이런 바다에는 향유고래가 산다

붉은 동백꽃 뭉텅이져 떨어지는 동굴

모든 위대한 떨림에는 죽음의 기억이 스며있다

세한도 歲寒圖

이토록 차갑고 청명한 새벽인데

왜 바다에는 서리도 내리지 않는 것일까

하늘에는 까마귀 소리도 없고

대기는 얼음보다 싸늘한 적막에 싸여있다

저 냉랭한 금강석 깊은 속 어디쯤에

불타는 숯불이 숨겨져 있을 것인가

거대한 바윗덩어리를 끌어안고

어금니를 꽉 다문 당신은

푸른 지느러미를 곧추세운 채

출렁이던 거미줄을 팽팽하게 하는

몇 억 년의 고요를 바라본다

허공으로의 도약

석양은 대리석으로 다듬은 비너스 상 같아서
매끄럽고 위엄 있는 정적에 싸여있다
노을과 대기와 파도가 모두 고즈넉해서
풍경은 수평구도의 정물화처럼 고전적이다
정지된 시간이 금동미륵보살반가사유상처럼
신비로운 졸음에 취해있을 때
침묵과 고요와 휴식이 가득한 물의 껍질을 찢고
느닷없이 웬 물고기 한 마리 허공으로 튀어오른다
온유 속에 감추었던 단검이 적장의 목줄기를 찌르는
허공으로의 도약, 물고기는
번뜩이는 허무를 향해 제 목숨을 내어던진다
저 힘, 수직의 환상으로 솟구쳐 오르는
적토마의 갈기털이다
저 힘의 꼭짓점, 허공에서의 정지는
아이스맨 외치*가 오천 년의 잠을 찢고
폭설과 추위와 굶주림과 고독의 빙원을 헤쳐

---

* 아이스맨 외치: 5300년간 알프스산맥 얼음 속에 묻혀 있다 1991년 독일인
등반가에 의해 스위스의 외치에서 발견된 냉동 미이라.

14

알프스의 푸른 하늘을 향해 외치는
휘황한 아우성이다
그러나 다음 순간, 곤두박질치는 도발의 춤
빛을 구부러트리는 휘파람소리의 파문과 함께
불꽃은 다시 얼음 속으로 가라앉는다
투신의 순간은 초신성 폭발 지나간 자국 같아서
눈부셨던 기억으로만 남아있고
여전히 석양은 대리석으로 다듬은 비너스 상처럼
매끄럽고 위엄 있는 정적에 싸여있다

텅 빈 힘

바다 저편에 숨어 있던 새벽하늘은
허공과 구름에 싸인 이상한 힘의 예감과
서서히 겹쳐지면서 침착하고 위엄 있게
텅 비워간다

텅 빈 힘은
두렵고 송구스럽고 깊다

그러나
텅 빈 힘에는
기다란 한 쪽 다리로만 서 있는 기품 있는
백로와 같은 불안한 존재의 비애가 있다

텅 빈 힘에는
고삐를 잡아끌자 큰 눈에 글썽거리는
눈물이 고이던 그날의 황소와도 같은
마주보기 죄스러운 억눌린 슬픔이 있다

얽어맨 멍에와 고삐와 굴레를 지닌

하루를 앞에 두고 한없이 망설이는
새벽을 보라

새벽이, 앞으로 나아가지 않고
저토록 오래 망설이기만 하는 까닭은
텅 빈 힘이 제 운명을 미리 알기 때문이다

등대

캄캄한 밤 회오리바람 속에서 깜빡거린다
저 불빛, 부러진 단검 하나 남은 검투사 같다
무슨 결박으로 동여매 있기에
제 안의 황야에 저리 고달프게 맞서는 것일까
등대는 외롭고 적막하고 단호하다
모든 찰나는 단호하므로 미래가 없고
미래가 없으므로 과거도 없다
모든 찰나는 영원한 현재이므로
마지막 순간까지 결연하게 깜빡거린다
저 불빛, 절벽 앞에서의 황홀이다

바다와 새

바람 없이 고요한 바다
깨끗한 빛이 명경처럼 매끄럽고
에테르 같은 그늘이 대기에 서려 있는데
이름 알 수 없는 새 한 마리 높이 떠 있다
파도 위의 제 그림자를 음미하는
저 위엄 있는 정지된 품격은
이 세상에서 만난 고독이 아니다
솔개의 천품을 지닌 갈매기이거나
갈매기의 방랑을 즐기는 솔개이거나
홀로 있음을 저토록 빛나게 만들 줄 아는
새는 제 무리를 벗어나
천상의 평화에 길들어있다
천신天神의 외로움이라야 저렇게 자유로울 것이다
저것은 오래된 기도
존재의 허무를 어루만지는
무애无涯의 몸짓이다
간절하고 은근하면서 완벽한 비밀을 지녀야만
도달할 수 있는 허공의 꽃이다

적막한 허공

바다는 맑고 고요하고 그윽해서
해안선에서 수평선까지 텅 빈 정적이 가득하다

청결하고 온유한 달이 적막한 허공에
견고한 혼을 새긴다

적막한 허공과 견고한 혼은 하나다
해안선에서 수평선까지 아득한 월인月印이 퍼져있다

새 날아간 하늘길과
배 지나간 바닷길과
꽃 떨어진 사람의 마을에도 아득한 월인月印이 퍼져있다

기억도 없고 망각도 없는
야만도 없고 자비도 없는
광기도 없고 지혜도 없는

저 적막한 허공 속에는 너무 환한 필라멘트가 켜져 있어

은은하면서 두렵고
투명하면서 컴컴한

가슴 떨리는 신성神性의 그림자가 얼비친다

휘황한 일렁거림

설악산에 폭설 그친 겨울 오후
동해 고성 앞바다에 파도 일렁거린다

민들레 홀씨 같은 싸락눈 조금
구부러진 해안선에서 둥근 수평선까지

바다는 미끄러운 시간을 끌어안고
부드러운 숨결을 터트리고 있다

무표정한 위엄과 온유한 침묵
오래 삭힌 여백이 홀로 일렁일 뿐인데

새 날아간 그늘 따라 두렵고 휘황한
푸른 피 흘리던 견고한 고독도 일렁거린다

수평선

바라보고, 바라보고, 또 바라본다

산그늘 속, 늙은 회화나무 가지에 앉아

노을을 기다리는 멧새 한 마리처럼

적막으로 눈 닦고 다시 바라본다

저 수평선

졸면서 깨면서 오래 바라보는데

회화나무 우듬지가 정밀하게 흔들린다

바라보고, 바라보고, 또 바라보는 동안

까마득한 혼만 홀로 설레다가 잠잠해진다

독작獨酌

겨울 저녁
세상의 구석에 홀로 앉아
오래 바다를 바라보는 일은
독작獨酌과 같다

슬로비디오처럼 파도가 멈춘다
외롭고 쓸쓸하고 허전하지만
거나하게 취한다

무장해제 당한 한 생애가
속에서부터 뜨거워진다

집중인지 방심인지
갈매기 몇, 파도에 몸 맡기고 있다

울컥
바보가 허무에 몸 맡기고 흔들리는
한 컷의 흐린 그림자

새벽

구름은 검고 하늘은 붉다

집요하고 캄캄하게 뒤척이던 바다

숨죽이며 몸 웅크리고 바람 맞는다

스러지는 어둠을 향하여 컹컹 짖는

아직 눈 뜨지 못한 여린 하느님

가득하면서 외로워 보이는 입김

어디서 오는가, 이 새벽

옷깃을 여미게 하는 이 경건함이란!

초가을 바닷가

여름 내내 폭죽 쏘아 올리던 해변
이 계절에는 유령처럼 흔들린다
혼자 사는 달이, 허공에
흰 뱀 지나간 자국 같은 희미한 빛을 남겨놓아
파도소리의 갈비뼈가 고스란히 드러났다
길 잃은 신호등처럼 어화漁火 깜빡일 때
오래된 똬리 틀고 웅크려 있는 물길
방파제에 학꽁치 비늘 반짝 빛나듯
기억의 파동이 스쳐간다
절뚝거리며 걷다 뒤돌아보는
광인狂人, 혹은 유기견처럼
곧 스러져 갈 몇 억 광년의 비틀거림이
아직도, 혹은 아직은, 환하다고 혼잣말하는
초가을 바닷가
쓸쓸한 묘비명 같은

눈을 떠도

눈을 뜨니 파도가 하얗게 뒤집어져 있다
먼 바다에서 오징어 떼가 한바탕 소용돌이 친 것일까
희미하던 집어등도 모두 사라진 수평선에
벌건 구름이 꽃동네 같다
해 뜨기 전, 동백 숲 사이로 걸어오는
그 사람, 인기척을 먼저 들려주는 것일까
아직은 새들도 없는데
저런 흔들림, 왜 이리 아슬아슬할까
기다리는 일에 평생을 바쳤는데, 아직도
더 기다리는 일에 익숙해야 하는 것일까
잠 속에서도 흔들렸는데
눈을 떠도 흔들리는구나

빗살무늬

저녁 파도는 빗살무늬다
햇빛에 잎맥 다 드러난
반쯤 밝은 물 든 마른 얼룩
물고기들은 가볍고 날렵하게 튀어오른다
난장을 이룬 석양이 잘 마른 빨랫줄 튕기듯
숨비소리를 낸다
테왁들이 오렌지 빛으로 흔들린다
침엽수 사이로 흩어지는 바람 같은 저 꽃그늘
밤톨 까먹는 다람쥐처럼
빗살무늬 사이로 찰랑이는 호흡
안톤 폰 베베른의 현악4중주 같은

02

달항아리

달항아리 하나 들여놓으니
낡은 가방 같던 집에 위엄이 가득하다
오랜 세월 차가운 비석으로 걸려있던
울진 소광리 소나무 그림 액자
액자 올려다보던 춘란 화분에도
기품 있는 고요 가득하다

달항아리 오래 쓰다듬다
그 안에 잠든 어둠 들여다본다
어둠이 웅웅 울리는 소리에
하얗게 뼈만 남은 테러리스트 같던
소광리 소나무와 춘란 화분이
부르르 떤다

저 달항아리
둥근 어둠과 살찐 고요가 은근하다
눅눅하고 따뜻하고 안온한 미소는
서산 마애삼존불 보살님 같기도 하고
감은사지 삼층석탑 앞에 가부좌 틀고 앉은
흰 두루마기 입은 그늘님 같기도 하다

이 햇빛

참선 마치고 맞이하는 햇빛

나 겪어보지 못했어도
알긴 알 것 같네

환하게
건들거리는 바람

서늘하게
퍼져 흐르는 그늘

고맙고
행복하고
아름답다고

빛을 끌어안으니
몸속에 그늘이 흐르고

그늘에 몸 맡기니

몸 밖으로 빛이 넘치네

빛에 취해서
비틀거리니

나
거리낄 것 없네

소원 한 가지

나, 아직 가진 것 많아
원 없이 잘 살았다 말하긴 이르지만
언젠가 이 세상 소풍 끝나기 전*
이것 한 가지만은 꼭 해두고 싶네

여름밤 참깨 밭에 번지던 풀냄새 같은
그대 풋풋한 속살냄새도 맡아보았고
겨울 저녁 함박눈 내리는 세상의 주막에서
그대 뜨뜻한 눈물자국도 만져보았네

불 꺼진 빈방에서 소리 죽여 흐느끼던
그대 숨소리 따라
나, 귀뚜라미처럼 함께 울었고

번다한 저잣거리, 수족관에서
뜰채에 건져 올린 참돔 한 마리처럼
나, 그대 그물 안에서 펄펄 튀었네

---

* 천상병 시 〈귀천〉의 한 구절을 패러디 함.

그래도 아직, 나, 한 가지 소원 있네

행복한 바보가 원 없이 놀고 갔던
이 세상 소풍 끝내기 전
그대 작고 못생긴 발 씻겨준
희미한 흔적 하나 남겨두고 싶네

옹이, 무표정한

건봉사 일주문 지나 오래 산 팽나무 바라본다
나무도 한 백 년 넘게 살면 제 몸 건사하기 귀찮아지는지
허리춤에 박힌 옹이 내려다보는 눈빛 무연하다

옹이는 무표정하게 나무를 올려다보고
나무는 무덤덤하게 옹이를 내려다본다

오래 전에 폐경閉經한 몸이라지만 여전히 잎은 푸르다
돈절頓絶한 소식 궁금해 하던 날 있었으련만
나무는 밀봉한 봉함엽서 되어 굳게 입 다물고 있다

저 수술자국, 한 때 상처였을, 진득한 진액 굳어진
옹이가 제 목숨을 단단히 붙잡고 있다

밑둥치에서 우듬지까지 옹이가 끌어안은 무표정한 흔들림
세상에 저처럼 공경하올 무표정이 존재한다는 것에
두렵기도 하고, 떨기도 하고, 공손해지기도 한다

옹이를 품은 나무가 제 몸 바람에 내 맡길 때는
바다 밑에 웅크린 가자미처럼
숨죽여 엿듣는 긴 한숨처럼
절대 고독이 빚어낸 절대 겸손이 원광처럼 그윽하다

파도가 저처럼 빈 하늘을 두드리니

홍련암 섬돌에 앉아 구름에 걸린 달 오래 바라보다
홀연 밤하늘 맑아지고 의상대 앞바다에
연잎에 구르는 이슬소리 들리는 순간 올 때
문득 깨닫는다
달빛도 오래 닦으면 금강석이 되는 것을

파도가 저처럼 빈 하늘을 두드리니
언젠가는 허공에 숨겨져 있던 은쟁반이
후두둑, 토란잎에 빗방울 떨어지는 소리 울리며
절집 모서리에 걸린 양철 물고기를 깨워 일으킬 것을
어찌 기다리지 않을 수 있으랴

그대가 한 여인의 전생을 오래 들여다보고
이승에서 저물녘 낮은 지붕 아래 쌀뜨물 자국 같은
흐린 등불 하나 켜 두기를 바란다면
기다릴 일이다
기다리고, 기다리고, 또 기다릴 일이다

파도가 저처럼 빈 하늘을 두드리는 것처럼

기다릴 일이다
기다리는 동안

삼나무 우듬지에 직박구리 날아간 자취 만나고
푸른 미나리 밭에 소금쟁이 지나간 흔적 만나고
산벚나무 가지 밑에 무심한 듯 스쳐가는 바람 만나거든
거기 그대 여인의 전생이 무너져
부끄러운 그늘 남긴 것인 줄 알 일이다

연등, 은은하고 적막하고 드높아서

달무리 속 흐린 달이 연등 같다
연등, 은은하고 적막하고 드높아서
가을날 신라사람 기파랑耆婆郎* 우러르듯
옷깃 여미고 손 모으고 우러러본다
수평선쯤인가, 어화漁火 몇 점
흐린 그리움에 잠겨 깜빡거리고
하늘 깊어진다
파도도 깊어진다
연등 걸려있는 허공도
은은하고 적막하고 드높아서
우러러볼수록 한없이 깊어진다

---

* 기파랑(耆婆郎): 鄕歌 「讚耆婆郎歌」에서

고요의 결

연꽃 벌어지기 전 이른 아침
연잎에 맺힌 물방울 탱글탱글하다

저 맑고 단단한 적막의 흔적 안에는
고요의 결을 쓰다듬던 별빛의
온유溫柔와 수치羞恥가 스며있다

작은 새의 날갯짓이 스치고 지나간
허공, 파르르 떨리는 연 밭의 혼

어떤 떨림은 잘 쓰다듬으면
이토록 매끄러운 고요가 되는구나

숨 막히도록 은밀한 교감을 나눈
황홀한 눈빛과 속살과 혀의 어둠
고독과 적막 안에 깃든 수줍은 울음

해독할 수 없는 지상의 빛을 품고
중력을 따라 미끄러지는 고요의 결에
신비로운 기품이 스며있다

소금쟁이 한 마리에 온 우주가

소금쟁이 한 마리가 수련꽃 핀 못을 건넌다
소금쟁이 발은 가늘고 길다
잔털 많은 발로 말랑말랑한 물을 간지럽힌다
물은 껍질을 웅크리고 부끄러워한다
장금장금
장금장금
아주 끌어안지도 않고 놓아버리지도 않는
아슬아슬한 사랑놀이에 물낯바닥이
바르르 떤다
연등 훤히 밝혀진 낙산사 원통보전 가는 길
으스러질 듯한 고요에
온 우주가 흔들리고 있다

꽃대를 치켜세운 흰 연꽃 같은 시간

연줄 툭 끊어져 빈 얼레만 쥐고 있는
손
바라보는 마음 편안하다

빈손 웅크려 만든 항아리 속에
장성 편백나무 숲 향기가 묻어있다

낮닭 함부로 울어제끼는 바닷가 마을
동백 떨어진 자리 뭉클하다

파도에 튕겨지는 한나절 햇빛에
금가루 흩어져 눈이 시리다

꽃대를 치켜세운 흰 연꽃 같은
시간, 밋밋하고 둥근

길

길이 있기는 있는 것일까

고래상어 '해랑이'*가 서귀포 앞바다에서 풀려나던 날
바다가 제 앞가슴을 열어 탱탱한 젖꼭지를
물려주듯 끌어당기기를 하였던 것일까

툰드라를 건너는 순록 떼가 지나간 길
그 아뜩한 백야白夜의 겹겹 철조망을 뚫고
목숨의 단내를 맡았던 것일까

한때 그는 낙타였으므로 복종하였고
한때 그는 사자였으므로 명령하였으나
지금 그는 어린아이 되었으므로 자유롭다**

기억을 버리고 유희를 택하고

---

* 2012년 9월, 아쿠아플라넷 제주에서는 수족관의 고래상어 두 마리 중 한 마리 '파랑이'가 폐사하자, 나머지 한 마리 '해랑이'를 서귀포시 성산항 남쪽 바다에 방류했다.
** 낙타, 사자, 어린아이는 니체의 『짜라투스트라는 이렇게 말하였다』에 나오는 인간 정신 발달의 세 단계.

44

인연을 버리고 모험을 택하고
폭력을 버리고 온유를 택하였으므로
길이 제 모습을 풀어 그 앞에 엎드렸다

고래상어 '해랑이'는 자욱한 는개를 헤치고
폭설 속의 굴뚝새 한 마리처럼
풀어진 길을 안고 먼바다로 나아간다

백도白島

갈매기 똥으로 하얗게 뒤덮인 섬, 백도白島

먼 백사장에서 바라볼 땐 꿈처럼 아름답더니
출렁이는 바다 위에 쪽배 타고 다가갈 땐
가까이 갈수록 흰 더러움 가득하다

검은 바위들 하얗게 뒤덮이도록
피곤한 목숨들 아랫도리를 끌러놓았구나

바다 밑에도 백도가 있을까

쌍끌이 어선 훑고 지나간 자리
목숨 부지한 물고기들 남아
장렬히 전사한 신립 장군의 탄금대彈琴臺 앞에서
눈물로 제문을 읽어 내리는 바다 밑 백도

물고기들이 충혈된 눈알로
먼저 간 형제들을 추념하다가
아랫도리 끌러놓고 모여서 똥 누는 곳

바다 밑에도 있기는 있을 것이다, 백도

안개 그윽한 수평선까지
바다는 검고 망망하고 꿈처럼 아름답다

바다 위에도, 바다 속에도
간간이 백도가 숨겨져 있어
슬프고 더러운 아랫도리 품고 있는 줄 모르는 채

바람, 염장이가 쓰다듬은 삼베 염포 같은

콩밭머리 던져 둔 어머니 호미 날 같은
달, 초승달, 달빛

달빛 희미한 하늘 아래
밤새 파도소리 먹먹하다

오동나무 그늘의 흰 새똥 얼룩처럼
모서리가 이지러진 구름도 떠 있다

못 자국 여럿 박혀있는 허공에
윤기 없이 타오르는 시간

휘황하지도 않고 출렁이지도 않는
기억의 뿌리에서 흰 뼛가루가 흩어진다

달빛그림자 속으로 우두커니 멈추어 선
바람
염장이가 쓰다듬은 삼베 염포 같은

풍경, 출렁이는

수평선 멀고
파도 가깝다

달무리 은근하고
구름 그늘 고요하다

출렁이는 풍경 오래 바라보는데
혼자 남아 밤 이슥토록 바라보는데

바다가 슬그머니 뒷짐 지고 다가와
어깨 툭 치면서 부드럽게 타이른다

이제 그만 들어가 자거라

마애삼존불 같은 음성
흰 두루마기 자락이 펄럭였다

파도의 뼈

파도의 뼈도 한 만 년쯤 식아 녹으면

저런 투명함으로 제 몸 터트리는 것일까

속절없이 눈부셔 환하고 환한 봄 바다

눈시울 붉어져 목이 잠긴다

물의 고요

빛 조각들이

표정 많은 물의 고요를 흔들고 있다

시간 밖으로

비누거품 같은 목숨 터져 흩어지는 흔적

아뜩하다

03

꽃신

꽃신* 두 켤레 품고 육십 년을 기다린 애비
눈물샘 아주 말라버린 두 딸

엉겅퀴보다 질긴
목숨

모질고 쓰린 기다림이 바스러져
붉은 녹 가루를 허공에 흩뿌린다

허망함이여!

이승에서는 끝끝내
꽃신 한 번 신겨보지 못하는구나

---

* 2015년 10월 24일 남북이산가족 상봉 때 98세의 구상봉 씨는 65년만에 금
강산 면회소에서 재회한 두 딸 승옥(71세), 선옥(68세)에게 꽃신을 선물하려
했으나 두 딸은 조선민주주의인민공화국 수령의 은덕을 예찬하며 끝내 꽃신
을 받아가지 않았다.

몰입

겨울 비선대 가는 길 눈 쌓여 적막한데
오색딱따구리, 지성으로 나무를 쪼고 있다

마른 오동나무 우듬지가 짜릿짜릿 흔들리고
둔탁한 메아리가 겨울 숲을 두들긴다

무심한 몰입은 단호하고 경건하여
깍지 낀 푸른 햇빛이 꼿꼿이 비켜서있다

팽팽한 허공을 찢는 목탁소리는
다른 세상에서 온 것이다

몰입은 낡은 풍금소리 같은 문양으로 번져
차가운 대기에 흐린 혼령들을 불러 모은다

곤줄박이

1.

곤줄박이 참 이쁘다

이마는 희고
얼굴에서 목까지는 넓은 검은색 띠가 지나고
등은 진회색, 옆구리는 밤색인데

박새 비슷하지만 박새보다 더 화사하고
참새 비슷하지만 참새보다 더 날렵하다

2.

홍천군 내면 산골짜기 감자옹심이식당 주인아저씨 박무
순 씨 집 부엌에 드나드는 곤줄박이는 그 집 귀염둥이다

박무순 씨가 땅콩이나 잣을 손등에 올려놓고 제리야 하
고 부르면 포르릉 날아와서 작은 부리로 콕 찍어 물고 포릉
포릉 날아오른다

엽엽해서, 땅콩을 허공에 던지면 허공에서 받아먹고 혀
끝이나 코끝에 올려놓으면 혀끝이나 코끝은 안 건드리고 땅
콩만 살짝 채 간다

귀염둥이 제리는 박무순 씨가 저를 귀애하는 줄 안다

모이도 없고 미끼도 없이 그냥 빈손 벌리고 제리야 하고 불러도 스스럼없이 빈손에 내려온다, 와서 마음껏 놀다 마음 내킬 때 날아오른다

눈 많이 내려 하늘 캄캄한 날은 이 집 부엌 선반 위에서 웅크리고 자고 가기도 한다

둘은 전생에 부자지간이었던 것 같기도 하고

곤줄박이 제리가 조금 온전치 못한 정신을 지닌 새 같기도 하고

박무순 씨에게 타고난 사육사나 조련사 솜씨가 있는 것 같기도 한데

감자옹심이 먹다 이 광경을 지켜보던 나는 박무순 씨가 옛날 먼 나라 아씨시의 성 프란체스코 환생한 것 같아서

누더기 옷으로 갈아입고 그 앞에 꿇어 엎드려 새만도 못한 인생 부디 거두어줍소서 하고

거지수도회의 불목하니로라도 들어가 몽당 빗자루 하나 들고 아침 마당이나 쓸고 싶은 마음이 무럭무럭 솟아난다

3.

감자옹심이 먹고 강원도 산길 운전하는데

가을 단풍이 발갛게 수줍어하고

늦게 핀 산국화가 괜스레 홍얼홍얼

앞가슴 살짝 들켜 보여준 숫처녀처럼

부끄럽고도 설레고

설레고도 기뻐서

마른 햇빛과 붉은 단풍과 검은 돌멩이들에서

포르릉 포르릉 곤줄박이 날아오르는 소리가 나고

삼라만상에서 쓰쓰 삐이삐이 곤줄박이 지저귀는 소리 들린다

부대찌개

1953년 수복 서울의 초겨울은 을씨년스러웠다 지저분한 나뭇잎들이 구멍 난 허공에서 함부로 흩어지고 영등포역전 미군부대 근처에는 꿀꿀이죽 끓이는 냄새가 구수했다 상이군인과 지게꾼과 검은 물들인 야전잠바 입은 할 일 없는 아저씨들이 쭈그리고 앉아 소시지와 치즈와 비계덩이 섞인 뜨거운 꿀꿀이죽에 머리를 디밀고 진땀 흘리며 퍼먹었다 아이들은 달리는 미군 트럭 뒤꽁무니를 쫓아가며 감자를 먹이다가 낯빛 검은 병사가 던져준 쵸코렛 조각에 굶은 쥐떼처럼 엉겨 붙었다

자정에 통행금지 사이렌이 울리자 해산 중이던 어미돼지는 발작을 일으켰다 제가 낳은 새끼를 다섯 마리나 물어 죽였다 아직 덜 죽은 갓 난 새끼 한 마리는 탯줄에 감긴 채 디룽거렸다 어머니는 어미돼지에게 시루떡과 막걸리를 먹였고 나는 죽은 새끼들을 샛강 옆 풀섶에 파묻었다

안방에는 담배연기가 자욱했다 아랫방에 세든 창세네 아버지는 피난길에 기르던 개가 뒤따라오자 데려가서 잡아 먹겠다고 하니 한참을 서 있더니 돌아가더라고 했다 개는

영물이어서 주인 말을 알아듣는다고 했다 나는 돼지가 영물 같았다 사람들은 사이렌 소리에도 멀쩡하지만 돼지는 발광하지 않던가 제 새끼 물어 죽인 돼지는 우리 식구들에게 상전 대접을 받았다

　나는 꿀꿀이죽을 사다 돼지에게 먹였다 영물이래도, 돼지는 돼지였다 꿀꿀이죽 먹으며 사납게 그르렁거리던 울음소리가 잦아들었다 눈알에 핏발도 가라앉았다 지금 같았으면 아마 돼지에게 모차르트를 들려주었을지 모른다 세상이 그만큼 고상해졌으니까

　채널 에이 '먹거리 엑스파일'에서 착한 부대찌개 식당을 소개하였다 주인이 직접 만든 육수에 수제 햄과 소시지를 넣고 유기농 채소에 국내산 고춧가루로 간을 맞춘 부대찌개를 하는 집이 있다는 것이었다 인터넷 뒤져 식당이름 찾고 내비게이션에 주소 입력하여 찾아가 대기번호표 받아 순서기다렸다 부대찌개 전골이 부글부글 끓자 넥타이 풀어헤친 젊은이들은 참이슬이나 처음처럼 소줏잔 기울이며 이마에 진땀 흘리며 퍼먹었다

저 사람들, 눈에 핏발 서서 신바람 나게 그르렁거리는 젊은이들, 육이오도 모르고 일사후퇴도 모르고 꿀꿀이죽도 모르는 젊은이들이지만 소시지와 치즈와 비계덩이 섞인 뜨거운 부대찌개에 머리를 디밀고 진땀 흘리며 퍼먹지 않는가 그 어미돼지는 영물이어서 사이렌 울릴 때 제 새끼들 물어 죽였지만 아마 이 술꾼들은 눈도 꿈쩍하지 않고 먹어대기만 할 것 같다

길 잃은 개

곧 울음이 터질 것 같은 눈으로
길 잃은 개가 큰길을 바라본다

떠나버린 주인 내외가 사라진 쪽
길게 늘어진 흐린 그림자

사금파리처럼 반짝반짝 빛나던
뼈만 남은 기억이 토막토막 흩어진다

꽃잎 흔들어 떨어트리는 바람 안고
길 잃은 개는 입술을 달싹거린다

무슨 말이든 하긴 해야 하는데
말은 되지 않고 울음만 터질 것 같다

뱀

뱀은 품위 있게 또아리 틀고
고상하고 우아하고 부드러운 미소를 보낸다

풀숲으로 들쥐 지나가도
바라보기만 한다, 충분히 배가 부르기 때문이다

벌초하다 땅벌 집 건드린 사람들이 뛰어가도
요지부동이다, 두목인가보다

기도하는 자세로
좌선하는 자세로

천하고 그악스런 뱀이 촛불 앞에 정좌한
저 뻔뻔함!

갇힌 사자

졸다 깨다 누웠다 일어서며
갇힌 사자는 늘어지게 하품한다

어디서 파리 몇 마리 날아와
콧등 간지럽힐 때
갇힌 사자는 제 꼬리로 제 턱을 문지른다

고기를 씹다 뱉으며
갇힌 사자는 우두커니 제 그림자를 내려다본다

갇힌 사자는 웅얼거린다
이 한가한 더러움이여

구경꾼들이 시들해져서 발길을 돌릴 때
갇힌 사자는 간절히 기도한다

부디 명대로 살지 말고
급살 맞아 죽게 하소서

명상에 관하여

게으르게 쉬고 있는 갈매기들이 명상적인 것은
그들의 노동이 사치스럽기 때문이다

빵이 아니라 여행을 위하여 노동하는 자는
자기 몫의 탐욕을 포기할 권리를 가진다

안개 걷힌 저녁 바다 파도 위에 흔들리면서
갈매기들은 허무의 둥지 속에 이마를 파묻고
고독한 게으름의 자유를 즐긴다

출렁이는 파도 위에 한 줄로 늘어앉은
갈매기들이 명상적으로 졸고 있다

오줌줄기 얻어맞은 쑥부쟁이 같은 세상을
비웃으면서

버러지들

썩은 퇴비 더미를 헤집으며
버러지들은 먹을 것을 찾아 눈이 벌겋다

많이 먹었지만 더 먹어야 하는 것이
저것들의 사명이고 책임이고 의무이기 때문이다

뭉텅이져 다니는 저것들은
발보다 더듬이가 바쁘다

더러운 발과 더듬이들, 피오줌 냄새 섞인
저 누린내!

때 묻은 비둘기

때 묻은 비둘기가 육교 밑에서 비틀걸음으로 걷는다
가늘고 빨간 다리 하나가 잘라져있다.
염치불고, 새우깡 부스러기에 대가리를 파묻고
넝마주이 같은 제 운명과 모질게 맞서고 있다
저 악착스러움, 먼지 많은 도시의 변두리에서
자동차 사이를 헤집어야 하는 운명을 지닌
비둘기답지 않은 비둘기 한 마리 비틀거린다

한때 저 새도 날아오르던 날 있었으리
튼튼한 잿빛 날개 퍼덕이면서
햇빛과 바람 사이로, 구름과 안개 사이로
궁궐 뜨락에서 대성당 종탑까지
시청 앞 광장에서 대운동회 날의 학교 운동장까지
젊은 마술사의 소매 깃에서 종이꽃과 함께
산책과 기도와 박수갈채 사이를 헤집고
우아하고 늠름하고 위풍당당하게
제 운명을 자랑하던 날 있었으리

먼지 낀 몽환의 도시에서 무시무시한 괴물에게 받쳐
여린 다리 하나 잃어버린 채 목숨을 건진 것은
죄가 아니다, 비틀거리며 사는 것도 죄가 아니고
꼿꼿하지 못한 것도 죄가 아니다
끈끈하고 치사하고 악착스런 운명에 얽어 매인
존재의 굴레를 뿌리치지 못한 것이 죄다
비둘기를 비둘기답지 못하게 만든 목숨을 안고
새우깡 부스러기에 청춘을 바친
때 묻은 비둘기, 대가리를 파묻고 비틀거린다

겨울과 새와 허공

– 철원평야에서

귀신이 머무르는지
중력을 벗어난 풍경이 웅얼거린다
무게 없이 아득한 적막寂寞의 혼
불에 그슬린 기억을 안고
재두루미, 쇠기러기, 검독수리들이
텅 빈 들판에 뒤뚱거린다
괴기한 한기寒氣에 가득 찬
겨울과 새와 허공
무구巫具를 파묻는 늙은 무녀巫女 같다

쫓기는 물고기 닮은 바람과 창백한 낡은 빛이
정처 없이 떠돈다
무목적적無目的的이면서 지속적인 빛의 파동만
수증기처럼 자욱하게 퍼져있다
이 들판에서 죽어 쌓였다가, 오래 전 육탈肉脫한
인민군과 국방군과 중공군과 유엔군의 혼령들이
감당할 수 없는 아우성으로 구천九天을 떠돌다가
검은 빵처럼 딱딱하게 굳어지고 차가워진
마른 땅 위에 고양이처럼 웅크려 있을 뿐

이런 풍경은
중심이 비어 있는 고독한 허공이다
핏기 사라진 그늘과 녹슨 그림자와
녹지 않는 침묵과 흘러내리는 혀
영원히 다시 돋아나지 못할 살과 뼈
잿빛 공포와 캄캄한 떨림과
잔혹한 추위를 품은
겨울과 새와 허공
귀신이 머무르는 것이 틀림없다

아기천사와 구피

낮잠 설핏 들었던 것 같은데
아기천사 손길이 닿았던지
머리맡의 휴대폰이 딩동댕, 딩동댕
맑은 목탁소리를 울리다 저 혼자 그친다

허전하고 눅눅하고 은근한 기분이 들어
다시 꿈꾸어보려 해도 꿈 돌아오지 않는
비몽사몽 속으로 비집고 들어가다
애꿎은 어항 속 열대어, 구피 들여다본다

저 여린 목숨들에게도 아기천사 다녀갈까?
꿈 있을까?
허전하고 눅눅하고 은근한
비몽사몽 있을까?

있겠지, 암 있고 말고
구피, 꼬리지느러미 펄렁거리며, 물속에서
딩동댕, 딩동댕
맑은 목탁소리를 울리지 않어?

환한 그늘 1

사려니 숲이다
넓은 서어나무 잎들 새처럼 푸득거리고
큰천남성 위에 밝은 바람이 쉬고 있다
이 길 끝까지 걸어 그대 마음
안 보이는 한복판에 가 닿고 싶다
물찻오름 지나 붉은오름 지나
화산송이 붉게 깔린 숲길 걸으면서
빈 풍경 흔드는 까마귀 울음소리 듣는다
적막하지 않은 고요와 컴컴하지 않은 그늘
하늘 높은 곳으로 날아간 방패연 가물거리듯
팽팽했던 기억도 신비한 아물거림 속으로
사라져간다
눈도 코도 귀도 모두 흐릿하게 뭉그러진
서산 마애불 같은 안온한 미소만 남겨주는
환한 그늘이 따뜻하다

환한 그늘 2

백담사에서 오세암 가는 길

구절초인지 쑥부쟁인지, 아니면 개미취인지
작고 흰 꽃들이 뭉텅이져 흔들린다

가을 오솔길에서 마주친 다람쥐가 걸음을 멈추고
빤히 바라본다

조금 더 걷다가 시든 풀숲으로
부드럽게 미끄러지는 뱀, 누룩뱀 만난다

뱀은 놀라지 않고 태연히 미끄러진다

높은 가지 위에서 오색딱따구리가 제 할 일 하고
가을 단풍은 태평무심이다

암자 가까이 마른 계곡으로 환한 그늘 뛰어내린다

젖 많이 나는 여인 같던 계절 지나

혓바닥으로 빨던 젖 풀고 가만히 숨 돌이키는

그늘, 환한 그늘
환한 그늘은 식지 않은 고요들에 젖은 입김을 나누어준다

백담사에서 오세암 가는 길
반쯤만 훔쳐본 비밀, 환한 그늘 속에 깃든

동백冬柏 장엄莊嚴

저 동백꽃

짓붉은 모가지가 텅텅 떨어지네

귓불 얼얼하게 겨울바람 맞으며

벌겋게 달아오른 넝마 같은 그리움들

피 묻은 감옥에 가둬 눈 위에 흩뿌리네

간절했구나, 지나온 시간

외롭고 고고하고 슬프고 찬란한

역광逆光

맨발로 밟는 불

여기 동백 장엄莊嚴에서 만나보는

아득한 연옥煉獄이여

04

아버지와 나

아버지는 윌리엄홀덴처럼 잘 생기셨고
친구들과 모인 사랑방에서 좌중을 휘어잡는 달변이셨고
대한석탄공사 공장장할 때 십구공탄 개발하셨고
일제시절 경남 함양군 수동면 화산리 지리산 자락에서
서울로 올라와 한 때 성공한 수재였고
뱃심 있고 과단성 있고 추진력 있는 사업가셨고
술 마시면 아무한테나 크게 인심 쓰는 기분파셨다
나는 윌리엄홀덴처럼 잘 생기지도 못했고
잘난 사람 모인 데선 조용히 듣기만 하는 꿍생원이고
평생 시 썼는데도 알아주는 사람 별로 없고
온실 속 화초처럼 귀하게만 자라
겉으로 겸손하지만 속으론 오만하면서
세상 험한 꼴 만나면 피하고만 보는
의심 많고 비아냥거리기 잘하는 좀팽이가 되었다
아버지는 귀가 얇아 남의 말 듣다가 사업에 망했지만
나는 귀가 두터워 내 식으로 살았으니 망할 일은 없다
아버지는 초년에 가난했고 중년에 성공했고 말년에 불우했지만
나는 초년이고 중년이고 말년이고
그냥 이렇게 사니 별 불만이 없다

소주 한 잔, 천사와 함께

계급이 높은 천사는 천신天神일 뿐이어서
아랫세상에 내려올 일이 없고
미카엘이나 가브리엘 같은 급 낮은 천사들이나
심부름하러 내려와 세상일에 간섭한다고 믿던
순진하고 어리석고 용해 빠진 시절이 있었다

천사는 맑고 순결하면서 강하고 지혜롭고
빛과 같이 빠르면서 눈과 같이 희고
비둘기 같은 날개를 달고 세상일에 기웃거린다고
가르치는 대로 믿고 따르고 바라던
순진하고 어리석고 용해 빠진 시절도 있었다

오동통 살찐 천사는 게을러 빠졌을 것이고
번개 칼을 휘두르는 천사는 잔인하고 독할 것이고
선하면 유약하고, 지혜로우면 행동이 없고
너무 빠르면 만날 수 없고
너무 흰 천사는 범접하기 어려울 것이다

그런즉, 천사는, 천사라 할지라도
다이어트에 신경 쓰고 법대로 살고
사기꾼 조심하고 돈 계산 분명히 하고
밤길에 술 취해도 부축빼기 조심하고
학교건 군대건 직장이건 왕따만은 면해야 한다

내가 만난 천사는 내시경을 지니고 있어
내 고등학교 동창 이광영이 딸 갓난아기 목숨도 살려주고
서산 횟집에서 자연산 우럭 날로 회쳐먹고 까무러친
내 대학동창 이해명이 부인 위장에서 고래회충도 뽑아주었는데
내 장인 제자 남전 원중식은 대장에 큰 암덩어리
다 자란 다음에 만나 하릴없이 저세상으로 데려갔다

내가 만난 천사는 따박따박 세금 잘 내고
메르스 전염된다 온 세상이 들끓어도
마스크 안 쓰고 지하철 타고 출근했다

내가 만난 천사는 정의구현사제단 아니고
미국산 쇠고기 먹으면 광우병 걸린다 우기지 않고

세월호 노란 리본 달고 다니지 않고
천안함 폭침 시킨 것 누구 소행인지 다 안다

내가 만난 천사는 보수꼴통도 아니다
사학비리 감싸는 재단 이사장 편도 아니고
재벌 비판, 갑질 비판 목줄기에 핏대 세우는
막소주에 삼겹살 좋아하는 월급쟁이다

엊저녁 소줏집에서 만난 그 월급쟁이에게
빛은 물질인가, 아니면 현상인가? 하고 고뇌하던
아이작 뉴턴의 질문을 모방하여
천사는 실존인가, 아니면 현상인가? 하고 물었더니

이 친구, 씩 웃으면서, '그냥 살자'고 말한다
천사가 실존하니 그냥 살자는 것인지
천사는 현상이니 천사적으로 살자는 것인지
모르긴 해도, 이 친구 말이 '그냥 쓸자' 같이 들렸다

'그냥 쓸자?'

빗자루로 절집 마당 쓸듯이 '그냥 쓸자?'

그렇지! 그렇구나!

이 친구, 자네가 천사라서 그런 대단한 말을 하는구나!

송장헤엄

낮술 몇 잔에 불콰해진 얼굴로
유진수퍼 앞 평상에 앉아
장화 신은 어부 셋이 목청을 돋운다

순천 매실밭에서 찾은 구원파 교주 시체가
스무날도 안 돼서 육탈할 수 있는지
그게 오늘 세미나의 주제인가보다

변산 앞바다 위도 가던 낚싯배 뒤집어졌을 때
건져 올린 송장에 새우가 가득 붙어 있었더랬어

장마철 풀밭에 송장을 버려둬 봐
한 닷새만 지나도 물 나와 질척거리고
파리가 쉬슬어 구더기 바글거리지

구레나룻에 묻은 막걸리 손등으로 훔치며
작달막한 중늙은이 송장 얘기에 열을 올린다

얼굴 검은 젊은이 둘은 믿을 수 있기도 하고

믿을 수 없기도 하다는 표정으로
오징어만 질겅거린다

아야진 도치알탕집 남편 정 씨 있잖어?
술 취해 방파제에서 오줌 누다 바다에 빠져 죽은 걸
건졌을 때도 보기 험했잖어?

흐린 하늘 한 켠에서
바닷바람에 섞여 잔 빗방울 함부로 흩어진다

먹장구름도 낮술에 취해 있는가보다
빗방울, 비틀거리며 송장헤엄 치며 내려오는 걸 보니

누비포대기

누비포대기 없었더면 우리 집 작은아들 키울 수 없었을 걸
융으로 된 누비포대기 얼굴에 비비고 가슴에 안아야만
밤잠 이루던 세 살배기 귀염둥이
자다 깨다 울다 보채다 누비포대기 끌어안고
새근새근 꿈나라 들던 어린아이, 여리지만 고집 센
엄마 젖무덤보다 더 부드럽고 포근하고 아늑한
누비포대기, 융으로 만든
침 묻고 코 묻어 꼬질꼬질한
이 세상 물건 아닌듯한
누비포대기 잊을 수 있을까?

그렇던 작은아들도 이제 나이 사십 넘어
세 살배기 귀염둥이 애비 되었는데
그 아기도 누비포대기 없인 잠 못 이룰까?
자다 깨다 울다 보채다 무엇을 끌어안고
꿈나라 들까, 어린아이, 여리지만 고집 센

나이 칠십 넘은 그 아비의 아비
늙었어도 여전히 어린아이인

그는 무엇을 끌어안아야 꿈나라 들까?
얼굴에 비비고 가슴에 끌어안을
부드럽고, 포근하고, 아늑한
침 묻고 코 묻어 꼬질꼬질한
누비포대기 딴 세상에서는 만날 수 있을까?

간월암看月庵… 없다

간월암看月庵 가니 달도 없고 바다도 없다

새로 지은 거창한 요사채 기와지붕에 가려
초라한 달그림자만 허공에 기웃거리다 돌아선다

달 없으니 수평선 사라지고
기죽은 파도소리도 길 잃고 흔들린다

오래된 적막 사라진 수상한 세월 만나
시끄러운 절 마당에 개기름 자국 흐른다

고요와 고독과 적막을 잊어버린
간월암 가서 달 만날 생각 말아라

불쌍한 달은 다른 하늘, 다른 바다 찾아가 흐느낄 터
이곳에는 시줏돈 펑펑 쏟아 부은 천하고 배부른
낡은 이름만 남아있다

달은 이미 안면도安眠島 와도 인연을 끊었을지 모른다

〈와온의
우리시
유재영

정교한 언
지……(신
시인은 일
으로 알려
시 44편으

이미지의 굴절로 바라본 우

철학은 구체적
다. 예컨대, 시

저녁〉이후 8년 만에 만나는

ᅢ 대표적 서정시인

새 시집 '구름 농사'

ᅥ, 신경의 예리, 관조의 총혜, 선명한 이미

ᅧ림) 시와 시조를 통틀어 이처럼 감각적인

ᅥᆨ이 없었다. 우리시대 대표적인 과작시인

ᅵ 그는 8년 동안 갈고 닦은 주옥같은 서정

ᅩ 새 시집 '구름 농사'를 출간했다.

ᅵ근의 시학 – '구름 농사'

ᅵ 것을 추상(개념)화 하고 시는 추상(관념)적인 것을 형상화한

·둥근 과일처럼 만질 수 있고 묵묵해야 하며 의미할 것이 아니

ᅵ 메그리시(Archibald MacLeish)의 말(시법)은 시는 관념인

소림사少林寺인지 안면암安眠庵인지 국적불명의 큰 절 짓고
태평무심하고 희희낙락하며 만사형통하길 바라는
큰스님, 작은 스님, 큰 불자, 작은 불자
돌아보며 홀로 부끄러워 다른 세상 찾아갔을지 모른다

황망한 묵직함

빙판길이 꿈길인지 꿈길이 빙판인지
분간 잘 안 되는 비몽사몽간에
삐끗 미끄러지다 번쩍 눈을 떴다
얼음 속에 갇힌 잉어 바라보듯
투명하면서 묵직하고
황망하면서 갑갑한
번개와 파도가
일시에 몰려왔다, 침략군 같은
이 황망한 묵직함을
어떻게 받들어 어디로 모셔야할지
분간 안 되는 긴장과 고요

팽팽하던 밧줄이 툭! 끊어지기 직전의
견고한 햇빛, 돌도 아니고 모래도 아닌
벽, 바람의 길이면서 가시덤불 통로인
꿈 깨는 일은 참으로 짜릿하구나
머리띠 동여맨 붉은 주먹 같은
황망한 묵직함에 맞서 새벽을 맞는다

입추立秋

폭염경보 걷히지 않았는데
절기로는 입추라 한다

화성火星은 서쪽으로 흘러 있고
미성尾星은 중천에 떠 있는 날

땡볕 아래 땀 흘려 잡초 뽑다말고
하늘 본다

익숙해도 번번이 낯선 절기
입추

초대받지 않았어도 어김없이
오긴 오는구나

땡볕 아래 부질없이 땀만 흘리고
여전히 잡초는 못다 뽑았는데…

정암사

정암사 적멸보궁 그으한 절집에 들어
빈 방석 위에 앉아계신 허공 오래 우러른다

고즈넉한 허공이 두텁고 따뜻하여
빈 하늘 멀리서 우는 까마귀 울음에도
세상 일 경계 모두 스러진다

수마노탑 귀퉁이에 바람 그으하고
하늘 높아진다, 은은하고 맑게 비어 있는
적멸寂滅 우러르며
허공에 빈 방석 깔아드린다

추전에서 정선, 두문재 터널 지나 고한으로
태백산 정암사 찾아 갔던 날
빈 방석 위에 모신
허공 공손히 품고 돌아올 뿐이다

상원사 가는 길

상원사 가는 길 전나무 숲길
깊고 그윽하고 컴컴하고 고요하다

이 길로 올라가면 방한암方漢巖 선사
상원사 적멸보궁 빈 뜰에 꿇어앉아
푸른 반디 잡아 모아 불 켜고 있다

이 길로 올라가면 문수보살님
상원사 계곡물에 몸을 담근 채
세상의 헛된 욕망 씻어 내린다

상원사 가는 길 전나무 숲길
깊고 그윽하고 컴컴하고 고요하다

쓰나미 바라보며

보이는 것 참 덧없구나!

지금, 여기, 숨 쉬는 일의 기막힘이여

땅 흔들리고

바다 갈라지고

하늘 으깨지는

통곡 소리!

길 닦고

집 짓고

다리 놓아

개미처럼 부지런히 살아본다 한들

아무 것도 아니군

티끌만도 못하군

하느님이 사람 위해 기도하지 않는 날

그대 어디에다 머리 두고 엎드리리?

나무 십자가, 개나리 속의

남루한 세상을 노랗게 덧칠하는 개나리
개나리는 입김도 노랗다

개나리 무더기진 골목 끝에 참전용사기념탑
참전용사기념탑 곁에 붉은 벽돌집

문 열린 붉은 벽돌집 안으로 나무십자가가 보인다
나무십자가는 개나리 무더기를 내려다보며
멋쩍게 웃는다

황사마스크 쓴 아줌마 둘이
개나리 속의 나무십자가를 힐끗 들여다보고
가던 길 간다

오늘도 봄날은 무사태평이다

봄, 다녀갔나?

지조 있는 독재자 목숨 걸고 버티며
몇 천 명 죽이고 또 몇 천 명 더 죽이겠다고
늠름하게 소리 지르는 저쪽, 사하라 부근
은빛 전투기 편대, 제 백성 폭사시키고
꽃잎처럼 하늘하늘 흩어지는 봄날
사방천지에서 떼죽음 당한 혼령들이 몰려와
태어나지 않은 시의 첫줄에서 몸서리친다
언제 다녀갔나, 봄?
이번 생에서는 박쥐 떼들이
봄 다녀갈 자리 미리 점령해버려
동백꽃 뭉텅이로 제 목 떨어트린 걸
봄, 다녀갔다고 말해야 하나?
붉은 가죽 표지, 두터운 책 덮고
눈 씻는다, 당신 아직도 거기 계신가요?

한산韓山에 와서

그대, 한산에 와서
자취 만나네

정갈한 모시옷 풀 먹여 다려 입은
조선 선비님 자취 만나네

먹감나무 서안書案 위로
맑은 그늘 내려앉고

낭랑하고 청량한 음성
귀에 쟁쟁하네

한산에 와서
조선 선비님 자취 만난 후

이슬처럼
맑은 그늘

그대 얼굴 위에
주렴珠簾처럼 드리웠네

그대들의 천국

어둠 깊은 곳으로 별들이 사라졌다
적도赤道에서 궁발窮髮까지 빙초산이 덮여있다
바다 밑 회화나무에 붉은 절벽이 걸려있다
사람들은 목을 꺾어 포옹하고
불을 던져 사랑한다
사랑이 끝나고 서로 잡아먹기 위하여
오래 어루만진다
빛을 휘게 하는 혀
키스가 끝난 입 안에는 동굴 같은 암흑이 남아있다
새들이 별똥처럼 흩어지는 경전
그림자 없는 수도사들은 침묵을 모른다
바람 없고
빛 없고
물 없고
흙 없는
이 도시는 영원히 썩지 않을 것이다

휘적휘적

한 잔 하면 남 칭찬하고
두 잔 하면 나 돌아보고
석 잔 하면 하늘 부끄러워한다고
함부로 내뱉은 거짓말 고슴도치 되어
내 혀가 바늘 치세우고
내 눈을 빤히 올려다본다

오냐, 그래, 내 잘못했다
내친 김에 콱 끌어안으니
찌릿찌릿
번개 수만 조각이 혓바닥을 파고든다

한 잔 하면 혀 잠그고
두 잔 하면 혀 고이 잠재워두고
석 잔 하면 혀 아주 깊이 감춰두어야겠다고
다짐하고 결심하고 각오하는데
혓바닥의 바늘은 혓바닥 움직여야만 뽑힌다고
혀에 박힌 번개 조각 불덩이처럼 화끈거린다

정수리부터 똥구멍까지
화끈거리는 불길 끌어안고
고꾸라지고 까무러치는 나 뒤돌아보며
바늘 뽑힌 혀는 거짓말 없는 세상 찾아
저 멀리 길 떠나 휘적휘적 걸어간다

해설

신성이 현현하는, 아름답고 환한 시

이성혁(문학평론가)

1

조창환 시인의 내면적 사색의 궤적이 응결된 이번 시집 『허공으로의 도약』은, 제목이 암시하는 바처럼, 시인이 과거에 보여주었던 시 세계로부터의 변화와 도약을 감행하고 있다고 생각된다. 그것은 세계와 존재의 근저로 좀 더 깊이 파고들고자 하는 형이상학적 시학에 의거하고 있는데, 이 형이상학적 시학은 서정적이라기보다는 명상적이고, 종교적이라기보다는 신학적이다. 물론 조창환의 이 시집에서도 그의 순수한 감성적 숨결이 세계와 교감하여 빚어낸 서정적 아름다움이 빛을 발하고 있으며, 그의 예전의 시집들도 일정한 철학적 사유에 의한 메시지가 확보되어 있었다. 그러나 그의 예전 시집에서의 철학적 사색의 흔적은 시인이 창조하는 독특한 서정성을 윤기 있게 만드는 바탕 혹은 배경으로 기능하는 면이 있었다. 가령, 그의 지난 번 시집인 『벚나무 아래, 키스 자국』의 표제시에서 시인은 "겨울 눈보라처럼 쏟아지는 꽃잎 치어다보다/저 꽃잎들 어느 목숨이 흘린 키스 자국인가 생각한다/빛 고요하고, 바람 촘촘하고, 가슴 먹먹하다"고 읊는다. 사라지는 목숨과 사랑의 아름다움이 오묘하게 융합되는 이 장면에서 시인은 고요한 빛과 촘촘한 바람의 결을 감각하면서 먹먹한 가슴을 풀어놓는다. 이 구절에서는 삶과 죽음, 사랑과 아름다움의 관계에 대한 철학적 성찰이 감각적 서정의 바탕이 되어 있다. 이에 비해, 이번 시집의 많은 시편들에서는 세계 내에 잠재해 있는 신성을 붙잡고자 하는 '철학적–신학적' 메시지가 시의 전면에 드러나고 서정성은 그 전면의 배후를 감싸고 있는 것처럼 보인다.

그렇다고 해서 조창환의 이번 시집이 예전 시집의 시세계에 비해 파격적이라든지, 그가 추구해 온 시적 흐름에서 단절되어 있다고는 생각되지 않는다. 그는 꾸준히 세계에 내재되어 있는 아름다움을 발견하고 이를 삶과 죽음에 대한 철학적 사유와 연결하면서 시를 써왔으며, 이번 시집도 그러한 발견과 사유의 연장선상에 있다. 다만 이번 시집에서는 세계와 존재의 본질로 더 집요하게 파고 들어가고자 하는 정신적인 작업이 두드러진다는 점에서 그의 시세계에 어떤 변화와 도약의 징후가 느껴진다는 점을 지적할 수 있다.

필자가 이러한 생각을 하게 된 것은, 시집 첫머리에서 "내 시는 존재의 내면에 깃든 신성神性의 뿌리에까지 돌파해 들어가기 위한 모색의 궤적"이며 이는 "중세 신비주의 신학자 마이스터 에크하르트의 범재신론汎在神論에 연결되어있다"는 '시인의 말'에 주목하였기 때문이다. 물론 이 '시인의 말'에 의거하여 이 시집에 수록된 시들을 읽어야 하는 것은 아니지만, 시인이 시집 첫머리에 이러한 말을 써둔 것은 독자에게 시집에 들어가는 관문을 열 수 있는 열쇠를 전달하고자 하는 마음이 있었기 때문일 것이다. 독자는 시를 자신의 뜻대로 해석할 자유를 가지지만, 시인의 의도를 존중하면서 시를 읽어나갈 때 더욱 올바르고 깊이 있게 시작품의 감추어진 의미를 이해할 수 있을 것이다.

'마이스터 에크하르트'는 널리 알려진 사상가는 아닌 듯싶다. 에크하르트는, 필자 역시, 조창환 시인이 일독을 권해준 길희성 교수의 마이스터 엑카르트의 영성 사상』(분도출판사, 2003)이라는 책을 통해 그의 사상의 대강을 알게 되었다. 독자의 편의를 위해 에크하르트의 사상을 개괄하는 길희성 교수의 책에서 다음 구절들을 인용하며 이 글을 시작한다.

신성의 깊이로부터 나온 만물은 어쩔 수 없이 그리로 다시 돌아가고자 한다. 마치 고향을 그리워하듯 만물은 자기 존재의 근원으로 향한다. 고향을 떠나 시간과 공간의 지배를 받으면서 물질세계에 거하는 만물은 존재의 퇴락과 생명의 고갈을 경험하면서 자신의 뿌리를 갈망한다. 거기서 새로운 생명력을 공급받고자 끊임없이 움직인다. (171쪽)

신과 영혼의 근저로의 돌파는 고향으로 되돌아가는 환원의 극점이지만 동시에 곧 다시 흘러나옴으로서의 탄생을 위한 전 단계이기도 하며, 출원의 한 계기로서 탄생한 하느님의 아들들은 다시 초탈과 돌파를 통해 신성으로 환원하기 원한다. 돌파는 탄생을 위함이요 탄생은 돌파를 위함이다.(43쪽)

조창환 시인이 '시인의 말'에서 언급한 '돌파'는 에크하르트 사상의 핵심 개념으로, "신과 영혼의 근저"인 "신성의 뿌리"로 들어가기 위한 정신적 행위를 의미한다. 그것은 개인적인 의지나 소유욕 등이 만들어내는 어떤 조작적인 상으로부터 초탈하여 존재의 순수성에 도달할 때 이루어진다.("자기 의지를 놓아 버리는 자기 방하放下야말로 초탈의 핵심"(186쪽)이라고 길희성 교수는 말하고 있다. 이때, 초탈은 "집착과 소유욕을 제거하는 것이지 사물이나 세상사로부터 도피하는 것이 아니"(189쪽)라는 데에 유의해야 한다.) 초탈의 극한에서 신과 나를 가로막은 벽이 파열 ─돌파─ 되면서 신성의 뿌리에 도달하게 되고 신과 나와의 합일이 이루어진다. 세계가 신으로부터 흘러나온 것이라고 할 때, 돌파를 통한 합일은 신으로 되돌아가는 정신적(지성적) 행위이다. 그리고 이 합일이 이루어지면서 나의 영혼에 순수한 수태가 이루어지고 다시 하느님의 아들이 나의 영혼 속에서 탄생하는 '출원'이 이루어진다. 또한 그 하느님의 아들들은 다시 자신의 고향이자 아버지인 신성으로 돌아가기 위해 초탈과 돌파를 감행할 것이어서, 신성을 향한 이러한 과정 –초탈과 돌파, 수태와 출원– 은 끝없이 이루어진다.

우리가 집착으로부터 벗어나 초탈을 이루고, 초탈의 극한인 돌파가 이루어져서 존재의 본질인 신성과의 만남이 이루어질 때, 우리는 순수한 존재 –신– 와 기쁘게 합일된다. 이때 우리의 영혼은 신의 아들을 낳게 되며, 예전보다 더욱 충일하고 활동적인 삶을 살 수 있게 된다. 그래서 에크하르트의 신비주의는 이 세상을 부정하는 관조적인 신비주의가 아니라, "신으로부터 존재를 빌리는" 이 세계를 "고귀하고 신적 아름다움으로 눈부시게 빛나는" 것으로서 기쁨 속에서 열렬하게 수용하는 신비주의, 그로써 "세계의 찬란한 복권이 이루어지고 있"(113쪽)는 신비주의라고 한다. 이러한 에크하르트의 사상에 비추어볼 때, 이 시집의 시편들은 세계의 눈부신 아름다움을 포착하기 위해 세계 속으로 파고들고자 하는, 존재의 현상적 이미지 이면에 존재하는 말할 수 없는 무엇 –그늘로 드러나는 신성– 과 만나고자 '모색'하는 한 시인의 영혼을 드러내 보여준다.

2

　　새벽 바다는 외롭고 깊고 쓸쓸하다

흐린 수평선 쪽으로 어둠 밋밋하게 물러가며

구름 사이로 붉은 울음을 토하고

갈매기들 한 줄로 나란히 파도 위에 앉아

참선參禪 삼매경三昧境에 빠져있다

이런 새벽은 달항아리 같아

외롭고 깊고 쓸쓸한 것들이

그득해져서 아름다운 그늘이 된다

─「이런 새벽」 전문

시집 첫머리에 실린 이 시「이런 새벽」에서는 새벽 바다가 아름다운 그늘이 된다는 역설적 발견을 통하여 가시화되어 있는 이미지들의 보이지 않는 이면을 감지해낸다. 이는 저 '새벽 바다'의 풍경으로부터 '달항아리'라는 시적 이미지를 상상함으로써 가능할 수 있었다. "밋밋하게 물러가"는 어둠의 빈 자리를 차지하고 있는 '구름 사이'의 "붉은 울음", 그리고 그 붉은 울음이 떨어지고 있는 바다 위에 나란히 앉아 삼매경에 빠져 있는 갈매기들. 이들이 연출하는 외롭고 쓸쓸한 새벽의 풍경은 마치 달항아리처럼 세계를 둥글게 품고 있는 모양이다. 달항아리 속의 세계는 깊고 그득하다. 즉 저 외롭고 쓸쓸한 세계는 달항아리 속처럼 깊고 그득해져서 세계의 그림자 -그늘- 를 드러낸다. 그 그득한 그늘은 아름답다.

이 시가 보여주고 있듯이 세계의 외롭고 쓸쓸한 이미지로부터 드러나는 그늘의 깊이와 그 아름다움을 포착하는 일이 바로 이 시집에서 시인이 의도하는 중요한 작업이다. 시집의 1부에 실린 여러 시편들에서는 「이런 새벽」에 등장하는 시어들이 변주되어 재등장하면서 그 시어들이 가진 함의를 더욱 확장하고 심화하는 모습을 보인다. 위의 시 다음에 실린 「바다, 대침묵에 들어간」이란 시를 읽어보자. 이 시에서 시인은, "오래된 숯가마"로 비유되는 '그믐밤 바다'에서 "깊고 아득하고 눈물"겨움을 느낀다. 왜 그러한 느낌을 가지게 되었을까? 그 바다의 '독한 침묵'으로부터 "죽음의 기억이 스며있"는 '여윈 시간'을 감지했기 때문이다. 즉 「이런 새벽」에서 제시되었던, 세계를 품은 달항아리 속의 그득한 그늘이 주는 깊이의 감각은, 「바다, 대침묵에 들어간」에서 침묵의 시간 -죽음의 기억- 과 중첩되면서 아득함의 눈물을 이끌어내는 것이다.

'그믐밤 바다'의 "독한 침묵"은, 「세한도」에서 '청명한 새벽'의 대기를 싸고 있는 "얼음보다 싸늘한 적막"으로 변주된다. 이 적막 속의 바다는 "냉랭한 금강석"의 "거대한 바위덩어리"처럼 단단해 보이는데, 그 이미지는 "몇 억 년의 고요"

를 "어금니를 꽉 다"물고 있다. 그 가늠하기 힘든 몇 억 년의 시간은 "금강석 깊은 속"의 아득한 공간적 이미지와 어울리고, 그 깊은 속의 이미지는 땅 속에서 마그마로 끓고 있을 "불타는 숯불" -「바다, 대침묵에 들어간」의 '숯가마' 이미지와 연결되는- 에 대한 상상으로 시인을 이끈다. 그리고 그 뜨거운 숯불의 이미지는 "싸늘한 적막"을 대폭발 이전의 긴장감 -"출렁이던 거미줄을 팽팽하게" 만들 정도의- 으로 꽉 차 있는 '곧추세운' '푸른 지느러미'의 이미지로 전환시킨다. 이렇게 아득한 시공간이 응축되면서 싸늘하면서도 팽팽하게 이미지화 된 적막은 순수 현재의 시간성을 이 세계에 가져온다. 저 팽팽해지고 있는 적막은 "몇 억 년" 누적되어온 시간이 폭발이 일어나기 직전의 찰나로 응축되고 있기 때문이다.

'찰나'의 시간성에 대한 시적 탐구는「등대」에서도 이루어지고 있다. 이 시에 따르면, 등대의 깜빡거리고 있는 불빛은 저 캄캄하고 적막한 밤바다를 "영원한 현재"인 찰나의 시간성으로 드러낸다. 여기서 찰나와 영원성의 변증법이 작동한다. 밤바다를 비추는 등대의 불빛이 깜빡거릴 때 형성되는 찰나는 수억 년 누적되어 있는 적막의 시간을 영원한 현재로 전환시킨다. 시간을 영원한 현재로 전환하는 등대의 깜빡거림은 몇 억 년 누대로 흘러왔던 적막을 그 시간의 흐름으로부터 단절시키는 것, 시인에 따르면 이 "외롭고 적막하고" 깜깜한 밤 속에서 행해지는 등대의 단절은, 시간의 흐름이 잘려지면서 생길 시간의 '절벽' 앞에서 "마지막 순간까지 결연하"고 '단호하'게 이루어지는 것이다. 한편, 표제시이기도 한 아래의 시에서는 이러한 단절이 허공으로 도약하는 물고기에 의해 이루어지고 있다.

　　석양은 대리석으로 다듬은 비너스 상 같아서
　　매끄럽고 위엄 있는 정적에 싸여있다
　　노을과 대기와 파도가 모두 고즈넉해서
　　풍경은 수평구도의 정물화처럼 고전적이다
　　정지된 시간이 금동미륵보살반가사유상처럼
　　신비로운 졸음에 취해있을 때
　　침묵과 고요와 휴식이 가득한 물의 껍질을 찢고
　　느닷없이 웬 물고기 한 마리 허공으로 튀어오른다
　　온유 속에 감추었던 단검이 적장의 목줄기를 찌르는
　　허공으로의 도약, 물고기는
　　번뜩이는 허무를 향해 제 목숨을 내어던진다
　　저 힘, 수직의 환상으로 솟구쳐 오르는
　　적토마의 갈기털이다
　　저 힘의 꼭짓점, 허공에서의 정지는
　　아이스맨 외치가 오천 년의 잠을 찢고
　　폭설과 추위와 굶주림과 고독의 빙원을 헤쳐
　　알프스의 푸른 하늘을 향해 외치는
　　휘황한 아우성이다

그러나 다음 순간, 곤두박질치는 도발의 춤

　　빛을 구부러트리는 휘파람소리의 파문과 함께

　　불꽃은 다시 얼음 속으로 가라앉는다

　　투신의 순간은 초신성 폭발 지나간 자국 같아서

　　눈부셨던 기억으로만 남아있고

　　여전히 석양은 대리석으로 다듬은 비너스 상처럼

　　매끄럽고 위엄 있는 정적에 싸여있다

　　　　　　　　　　　　　　　－「허공으로의 도약」 전문

　　"웬 물고기 한 마리"가 "침묵과 고요와 휴식이 가득한 물의 껍질을 찢고/느닷없이" 허공으로 튀어 오를 때, 그 순간은 등대의 깜빡거리는 불빛처럼 "정지된 시간"의 지속 －"대리석으로 다듬은 비너스 상"처럼 "매끄럽고 위엄 있는" 석양의 정적－ 을 깨뜨리면서 찰나의 "영원한 현재"를 세상에 현현하게 한다. 그것은 "정지된 시간"의 '허무'를 허물어뜨리는 "허공으로의 도약"이다. 시인에 따르면, 그 '허공으로의 도약'은 저 허무의 칼날 속으로 자신을 내어던진다는 면에서 "번뜩이는 허무를 향해 제 목숨을 내어던"지는 행위이다. 하지만 그 죽음이 예정되어 있더라도, 물고기가 숏구쳐 오르면서 공중의 "힘의 꼭짓점"에서 멈추게 될 찰나 －"허공에서의 정지"－ 는 지하 저 깊은 곳에서 숏구쳐 오르는 마그마처럼 "오천 년의 잠을 찢고" "알프스의 푸른 하늘을 향해 외치는" "아이스맨 외치"의 "휘황한 아우성"을 보여주고 있는 것이다. 물고기가 보여주는 저 허공으로의 "투신의 순간"은, 오천 년의 누적된 시간이 폭발하면서 얼음의 정적 속에 묻혀 있던 삶이 터져 나오는 찰나의 아우성을 터뜨리며 시간을 영원으로 변화시킨다. 다시 말하면, 목숨을 내어 던짐으로써 "휘항한 아우성"으로 터져 나오는 오천 년 된 설인의 재생은 존재의 영원한 생명 –신성– 을 보여주고 있다.

그런데 조창환 시인은 저 물고기의 허공에의 투신을 "초신성 폭발"로 비유하고 있다. 마치 초신성 폭발 직후의 상황처럼, 물고기는 영원한 현재의 시간을 도래케 한 도약의 순간 직후 "도발의 춤"으로 '곤두박질치'면서 "빛을 구부러트리는 휘파람소리의 파문"을 일으킨다. 또한 초신성이 폭발하면서 우주에 흩뿌린 원소들이 우리의 몸을 구성하듯이, 저 곤두박질치는 물고기의 파문은 "초신성 폭발 지나간 자국"처럼 "눈부셨던 기억으로" 우리의 정신을 구성할 것이다. 그런데 정적에 휩싸여 있던 저 세계는, '물고기–폭발의 아우성'을 허공에 내뱉고는 다시 정적 안으로 그것을 회수한 후 자신의 입을 다물어버린 듯이 보인다. 무슨 일이 있었느냐는 듯 석양은 다시 "비너스 상처럼" "위엄 있는 정적에 싸여 있"는 것을 보면 말이다. 하지만 저 물고기의 도약은 우리의 정신에 기억의 자국을 남겨놓을 터이다.

위엄 있게 침묵하는 세계 –신– 로부터 갑자기 나타났다가 사라지는 신성의 현현. 그렇다면 그 신성은 위로 솟구치는 어떤 힘으로서 나타났다고 할 수 있을 것이다. 그 뜨거운 신성을 본 우리는 불에 덴 자국처럼 그 신성에 대한 기억을 잊지 않고 삶을 살아가게 될 것이다. 그렇기에 시인은 저 도약의 순간에서만 신의 힘 −신성− 을 포착하는 것만이 아니라, 그늘처럼 적막하고 텅 빈 세계로부터도 신의 힘을 느낄 수 있게 되는 것이다. 즉 「텅 빈 힘」에서 시인은 "바다 저편에 숨어 있던 새벽하늘"로부터 "허공과 구름에 싸인 이상한 힘의 예감"을 느끼는데, 그것은 "침착하고 위엄 있게/텅 비워"가는 힘이다. 그 '텅 빈 힘'은 스스로 자신의 존재를 비워가는 신성의 현현이 아니겠는가? 시인은 저 "앞으로 나아가지 않고/저토록 오래 망설이기만 하는" 새벽으로부터 신성을 포착하되, 그 신성은 텅 빈 모습을 하고 있음을 감지한다. 스스로 자신의 운명을 알고 사라지고 있는 신성의 그 "텅 빈 힘"으로부터 "불안한 존재의 비애"와 "마주보기 죄스러운 억눌린 슬픔"을 읽어낸다. 여기서 시인이 그 힘에 대해 "두렵고 송구스럽고 깊다"고 말하고 있는 것은, 신이 세계로부터 물러나 자신을 비워내고 있기 때문이다.

3

허공에 내재해 있는 "텅 빈 힘"인 신성 찾기! 조창환 시인은 신을 저버린 우리 시대에 시인이 해야 할 일이 바로 이것이라고 생각한다. "적막한 허공과 견고한 혼은 하나다/해안선에서 수평선까지 아득한 월인月印이 퍼져 있다"(「적막한 허공」)는 시인의 시적 발견은, 그러한 신성 찾기의 결과이다.

적막한 허공에 퍼져 있는 '월인'은, "견고한 혼"의 신성이 저 허공에 존재하고 있음의 증거다. 신의 견고한 혼과 하나인 허공은 월인을 통해 "텅 빈 힘"의 신성을 드러낸다. 그 신성의 혼은 "무표정한 위엄과 온유한 침묵"을 지닌 "오래 삭힌 여백이 홀로 일렁"(「휘황한 일렁거림」)이면서 나타난다. 이 일렁거림은 허공을 통해 신성의 혼이 현현하는 형식인 것이다. 그 '허공─여백'의 일렁거림은 시간이 "윤기 없이 타오르"(「바람, 염장이가 쓰다듬은 삼베 염포 같은」)면서 나타나는 현상이다. 여백은 오래 삭혀버린 것이어서 시간의 불이 여백을 불태울 때 윤기 없이 타오르게 된다. 그 오래 삭힌 시간이 불타오르면서, 육신이 화장될 때처럼 "기억의 뿌리에서 흰 뼛가루가 흩어"(같은 시)지고, 신성의 혼은 그렇게 기억의 죽음을 품고 메마른 잉걸불 일렁거리듯 현현하는 것이다. 시인은 그 죽음을 품은 일렁거림을 다음과 같은 이미지로 표현하고 있기도 하다.

빛 조각들이

표정 많은 물의 고요를 흔들고 있다

시간 밖으로

비누거품 같은 목숨 터져 흩어지는 흔적

아뜩하다

- 「물의 고요」 전문

고요한 물 위로 일렁이는 빛살의 모습에서 시인은 "비누 거품 같'이 덧없는 목숨이 제 시간을 다하여 "시간 밖으로" 터져 나와 "흩어지는 흔적"을 읽는다. 이 물의 고요를 흔드는 빛 조각들의 일렁거림 역시 신성의 혼이 은은하게 움직이는 모습의 흔적일 것이다. 다시 말하면, 죽음의 적막을 품으며 물의 고요 위에 일렁이는 저 빛 조각들의 일렁거림은 '적막한 허공'과 하나인 견고한 신성의 혼이 움직이고 있을 때의 흔적이다.

사람의 영혼 역시 저 견고한 신성의 혼과 하나가 될 수 있다. "꽃 떨어진 사람의 마을에도 아득한 월인月印이 퍼져 있"(「적막한 허공」)기 때문이다. 신성은 떨어진 꽃처럼 죽음이 이루어졌을 때, 그 죽음을 껴안으며 나타난다. 이 죽음은 바로 '초탈'과 관련되는 것이다. 앞에서 말했듯이, 에크하르트의 사상에서는 인간의 정신이 세계의 근저에까지 '돌파'를 이루어냈을 때, 인간의 영혼엔 신의 영혼이 수태된다. '돌파'는 초탈의 극한이다. 그런데 초탈은 "모든 잡다한 피조물들의 세계와 그것들에 얽힌 삶을 끊어버"리는 행위, 다시 말해서 그것은 "영혼이 표피적 세계, 표피적 자아 그리고 표피적 신과의 관계를 끊어버리는 행위"로서 "한 마디로 말해, 죽으면 사는 사즉생死卽生의 길"(길희성, 같은 책, 174쪽)이라고 한다. 그래서 돌파는 초탈의 극한인 죽음을 통해 이루어지며 이 죽음이 이루어진 무의 자리에 비로소 신이 들어설 수 있게 된다. 그래서 신성은 죽음이 이루어진 곳에 깃들어 죽음을 품으며 현현하는 것이다.

시인이 발견하고 있는 허공의 견고한 혼 –신성– 은 바로 시인 자신의 혼이 닮고자 하는 혼, 자신의 영혼이 낳고자 하는 신의 아들과 같은 혼일 것이다. 그는 이 혼을 낳기 위해, 세계를 "바라보고, 바라보고, 또 바라"(「수평선」)보면서 그와 합일할 신성이 나타나기를 기다린다. 그는 "절집 모서리에 걸린 양철 물고기를 깨워 일으킬" 비를 기다리면서 "파도가 저처럼 빈 하늘을 두드리는 것처럼" "기다리고, 기다리고, 또 기다"(「파도가 저처럼 빈 하늘을 두드리니」)리는 것이다. 실재를 실재 그대로 바라보면서 신성의 현현을 기다리는 행위는 바로 초탈에 다가가는 일일 터이다. 방금 전에 말했듯이 시인이 합일하고자 하는 신성은 초탈의 극한인 '돌파– 죽음'이 이루어져야 현현한다. 자신의 뼈가 "한 만 년쯤 삭아 녹"을 정도로 "투명함으로 제 몸 터트리"(「파도의 뼈」)고 있는 파도는, 그 돌파를 모범적으로 보여준다. 저 파도처럼 '만 년쯤' 자신의 몸을 터트려 자신의 뼈까지 녹여버릴 정도로 자신을 파괴함(돌파함)으로써 기다림(초탈)을 밀고나갈 때, 비로소 신성과 만날 수 있으리라는 것을 시인은 알고 있다.

하지만 시인은 "눈을 뜨니 하얗게 뒤집어져 있"는 파도의

거꾸러진 듯한 모습을 보고, "저런 흔들림, 왜 이리 아슬아슬할까/기다리는 일에 평생을 바쳤는데, 아직도/더 기다리는 일에 익숙해야 하는 것일까"(「눈을 떠도」)라고 탄식한다. 시인은 아직 완전한 초연에 다다르지 못하였으므로 그가 갈망하는 신성과 만나지 못하고 있으며, 이로 인한 고통은 시인의 서정을 더욱 뜨겁고 짙게 만든다.

여름 내내 폭죽 쏘아 올리던 해변

이 계절에는 유령처럼 흔들린다

혼자 사는 달이, 허공에

흰 뱀 지나간 자국 같은 희미한 빛을 남겨놓아

파도소리의 갈비뼈가 고스란히 드러났다

길 잃은 신호등처럼 어화漁火 깜빡일 때

오래된 똬리 틀고 웅크려 있는 물길

방파제에 학꽁치 비늘 반짝 빛나듯

기억의 파동이 스쳐간다

절뚝거리며 걷다 뒤돌아보는

광인狂人, 혹은 유기견처럼

곧 스러져 갈 몇 억 광년의 비틀거림이

아직도, 혹은 아직은, 환하다고 혼잣말하는

초가을 바닷가

쓸쓸한 묘비명 같은

－「초가을 바닷가」 전문

여름의 해변은 피서객들로 북적거린다. 바닷가에서 새벽의 적막한 허공을 보면서 신성의 흔적을 찾았던 시인에게 피서객들이 허공에 폭죽을 쏘아 올리던 여름의 해변은, 지금 초가을에는, 생명이 넘치기보다는 "유령처럼 흔들"리는 장소로 보인다. 그것은 저 북적거림이 신성의 생명력을 흐려놓고 있다는 생각이 들었기 때문일 것이다. 그러나 "혼자 사는 달"이 겨우 "흰 뱀 지나간 자국 같은 희미한 빛"을 남겨놓았기 때문에 신성의 흔적은 아직 사라지지 않았다. 그 "희미한 빛"은, 투명함으로 제 몸을 터뜨리면서 죽음으로 신성을 억만 년 동안 기다리고 있는 파도소리의 흰 갈비뼈를 드러낸다. 끊임없는 죽음을 통해 역설적으로 신성의 생명을 얻고자 하는 파도의 억만 년의 노력을 저 '희미한 빛-흰 갈비뼈'는 보여주고 있는 것이다.

위의 시에서 억만 년의 시간이 응축되어 있는 저 '희미한 빛-파도소리의 흰 갈비뼈' 이미지는 "신호등처럼 깜빡이는" '어화'가 내는 물길과 "반짝 빛나"는 '학꽁치 비늘'의 이미지와 대비되고 있다. 시인은 이 대비의 풍경에 자신의 내면에 묻혀 있던 "기억의 파동이 스쳐" 지나가는 것을 감지하고는 "묘비명 같은" 쓸쓸함을 느낀다. 저 "희미한 빛"과 깜빡이고 반짝이는 빛의 대비는 신성에 투신한 자신의 삶에 대한 기억, 즉 "절뚝거리며 걷다 뒤돌아보는/광인, 혹은 유기견처럼" 살아왔던 자신의 삶에 대한 기억을 불러일으키는데, 그러한 투신의 삶에도 불구하고 여전히 신성과 만나지 못하고 있는 삶의 고단함이 더욱 부각되어 느껴졌기에 시인은 쓸쓸한 '묘비명'의 이미지를 떠올리게 되었던 것이리라. 하지만 그는 비록 "곧 스러져갈"지라도 저 "몇 억 광년의 비틀거림"이 "아직은, 환하다"는 것을, 즉 '몇 억 광년' 자신의 전 생애가 담긴 기억의 파동에 비틀거리고 있는 우주 –그리고 광인 또는 유기견처럼 "절뚝거리며 걷다 뒤돌아보는" 시인 자신의 삶까지 포함하여– 가 아직은 신성을 잃어버리지 않고 환하다는 것을 믿는다.

저 환함의 주인인 신성과 만나기 위해서는 시인은 파도처럼 죽음에 이르는 돌파를 더욱 더 감행해야 할 것이다. 그 돌파는 다시 말하건대 초탈의 극한에서 이루어지는데, 그 초탈은 바라보고 또 바라보며 기다리고 또 기다리는 과정의 반복에서 가능해질 것이다. 그 바라봄과 기다림은 수동적이지 않다. 투명함에 이르기까지 제 몸 터뜨리는 파도처럼 잡다한 피조물들의 이미지로부터 벗어나는 능동적인 작업이다. 바라봄과 기다림의 초탈은 "지성으로 나무를 쪼고 있"는 '오색딱따구리'처럼 "단호하고 경건하"게 "무심한 몰입"(「몰입」)에 빠지는 일이다. 또는 옹이처럼 "절대 고독이 빚어낸 절대 겸손이 원광처럼 그윽"하게 "무표정한 흔들림"(「옹이, 무표정한」)을 끌어안는 일이다. 조창환 시인은 아래의 시에서, 자신의 '롤 모델'을 하늘 높이 떠 있으면서 초탈한 "무애无涯의 몸짓"으로 "존재의 허무를 어루만지는", 그리하여

'허공의 꽃'으로서 존재하는 "이름 알 수 없는 새 한 마리"의 모습으로부터 찾아낸다.

> 홀로 있음을 저토록 빛나게 만들 줄 아는
>
> 새는 제 무리를 벗어나
>
> 천상의 평화에 길들어있다
>
> 천신天神의 외로움이라야 저렇게 자유로울 것이다
>
> 저것은 오래된 기도
>
> 존재의 허무를 어루만지는
>
> 무애无涯의 몸짓이다
>
> 간절하고 은근하면서 완벽한 비밀을 지녀야만
>
> 도달할 수 있는 허공의 꽃이다
>
> ─「바다와 새」후반부

어떤 것에도 초연하여 '무애'에 도달함으로써 "존재의 허무를 어루만"질 수 있게 된, 저 홀로 하늘에 떠 있는 새는 신성과 합일되어 신과 하나가 된 존재, 그래서 천신과 같이 자유롭게 된 존재다. 저 새가 그러한 존재가 될 수 있었던 것은 "간절하고 은근하면서 완벽한 비밀을지"닐 수 있었기 때문이다. 그 비밀이란 바로 신성의 비밀일 터, 시인은 저 새처럼 그 신성의 비밀을 알아내고 자신의 마음 안에 지니고 싶어 하는 것이다.

4

조창환 시인은 신과 통할 수 있는 영성을 인간보다는 저 하늘의 새와 같은 동물이 더 지닐 수 있다고 생각하는 듯싶다. 이 시집에는 산문체로 된 몇 편의 '이야기 시'가 실려 있는데, 그 중「부대찌개」는 돼지로부터 영성을 찾아내고 있어서 흥미롭다. 시인은 1953년 수복 직후의 일화를 들려준다. 그것은 자정 통행금지 사이렌을 들은 해산 중인 어미돼지가 발작을 일으켜 자기 새끼를 물어 죽인 일화인데, 이 일화는 아저씨들은 부대찌개의 원조 격인 꿀꿀이죽 –미군이 남긴 소시지와 치즈, 비계덩이들을 넣어 끓인 죽– 을 먹고 아이들은 "낯빛 검은 병사가 던져준 쵸코렛 조각에 굶은 쥐떼처럼 엉겨 붙"는 당시 일상과 대조되어 제시된다. 그리고 시인은 여전히 술과 함께 부대찌개를 먹고 있는 현대의 소시민들을 보면서 이 술꾼들보다 바로 그 돼지가 영물이라고 생각한다. "사람들은 사이렌 소리에도 멀쩡하지만 돼지는 발광하지 않던가"라는 구절을 볼 때, 사이렌 소리에 대한 사람들의 무감각은 미군이 던져준 음식 찌꺼기로 만든 꿀꿀이죽을 원조로 하는 부대찌개를 지금도 여전히 먹고 있는 사람들의 무감각과 연결되며, 그 무감각에 비해 사이렌 소리에 발광한 돼지의 광기가 더 영적인 면을 짙게 지니고 있다고 시인은 말하고 싶었던 것 같다.

이 세계를 이루는 사물과 생명체들이 신성의 유출에 의해 생성된 것이라고 한다면, 우리가 하대하고 무시하는 동물들, 나아가 미물들에도 신성이 깃들어 있다고 할 수 있을 것이다. 실제로 에크하르트는 "하찮은 피조물이라도 하느님 안에서 그와 마찬가지의 존재를 가지고 있"다고 말하면서 "최고의 천사와 파리의 영혼이 동등한 곳, 내가 원한 것이 나였고 나인 것을 내가 원했던 그곳에서 진리를 파악하고 영원한 즐거움을 누리도록 기도하자"(길희성, 앞의 책 207쪽에서 재인용)고 말한 바 있다. 시인 역시 에크하르트를 따라 동물들, 미물들과 자신이 동등한 곳에 도달하여 진리를 찾으려고 했을지 모른다. 그래서 시인은 이 시집에 몇 편의 동물시편을 남겨놓고 있는 것으로 보인다. 이 동물시편에서는 뱀, 고래상어, 갈매기, 사자, 비둘기, 곤줄박이, 돼지, 그리고 버러지까지 각 시편의 주인공으로 등장한다. 동물들은 제각기 독특한 개성을 지닌 존재로 등장하는데, 이 동물들은 저 바다 위에 홀로 떠 있는 새가 보여주었던 신적인 영성을 드러내기보다는 인간 사회를 비추는 우의적인 형상으로 등장하는 경우가 더 많다.

가령 "많이 먹었지만 더 먹어야 하는 것이/저것들의 사명이고 책임이고 의무"(「버러지들」)인 '버러지'의 경우 '인간 버러지'를 우의하고 있음을 쉬이 짐작할 수 있다. 한편으로 "늘어지게 하품"하면서 인간이 갖다 주는 고기를 씹으면서 "이 한가한 더러움이여"(「갇힌 사자」)라고 웅얼거리고 있는 우리에 갇힌 사자 역시 안온하게 살면서 정신의 감옥에서 벗어날 줄 모르는 인간들을 풍자하는 의미를 가진다. "다리 하나 잘라"진 비둘기가 "새우깡 부스러기에 대가리를 파묻고" 있는 모습을 묘사하고 있는 「때 묻은 비둘기」에서, 시인은 저 비둘기가 비틀거리고 "꼿꼿하지 못한 것"은 죄가 아니라면서도, 죄가 있다면 "새우깡 부스러기"의 유혹을 이기지 못하고 "잿빛 날개 퍼덕이면서" 날아오르는 비둘기다움을 포기하여 "끈끈하고 치사하고 악착스런 운명에" 스스로 "얽어 매"여버린 것이 죄라고 말한다. 이 말은 자신의 자유를 포기한 채 "존재의 굴레"를 받아들여 살아나가는 인간을 질타하는 의미겠다.

그러나 이 동물시편들 모두가 우의적인 의미만을 가지고 있는 것은 아니다. 「곤줄박이」라는 시에 등장하는 '곤줄박이' 새는 인간과 교감하는 영성을 가지고 있다. '제리'라고 불리는 그 새는 "감자옹심이식당 주인아저씨 박무순 씨"와 소통하는 영적 능력을 가지고 있다.

　　귀염둥이 제리는 박무순 씨가 저를 귀애하는 줄 안다

　　모이도 없고 미끼도 없이 그냥 빈손 벌리고 제리야 하고 불러도 스스럼없이 빈손에 내려온다, 와서 마음껏 놀다 마음 내킬 때 날아오른다

　　눈 많이 내려 하늘 캄캄한 날은 이 집 부엌 선반 위에서 웅크리고 자고 가기도 한다

　　둘은 전생에 부자지간이었던 것 같기도 하고

곤줄박이 제리가 조금 온전치 못한 정신을 지닌 새 같기도 하고

박무순 씨에게 타고난 사육사나 조련사 솜씨가 있는 것 같기도
한데

감자옹심이 먹다 이 광경을 지켜보던 나는 박무순 씨가 옛날
먼 나라 아씨시의 성 프란체스코 환생한 것 같아서

누더기 옷으로 갈아입고 그 앞에 꿇어 엎드려 새만도 못한 인
생 부디 거두어줍소서 하고

거지수도회의 불목하니로라도 들어가 몽당 빗자루 하나 들고
아침 마당이나 쓸고 싶은 마음이 무럭무럭 솟아난다

—「곤줄박이」 부분

성 프란체스코가 새들에게 설교를 하자 새들도 하나 떠
나지 않고 그 설교를 들었다는 일화처럼, '제리'는 박무순 씨
의 말을 알아듣고 그의 빈손에서 놀다가기도 한다. 그 경쾌
하고 귀엽기도 한 이 장면은, 새들이 성 프란체스코의 설교
를 열심히 듣고 있는 모습처럼 신성이 그득하게 차 있는 것
으로 보인다. 시인이 제리와 자유자재로 놀고 있는 박무순
씨에게서 성 프란체스코의 환생을 보고는, "그 앞에 꿇어
엎드려" 자신을 거두어달라는 말을 하고 싶어 하는 마음
을 가지게 된 것은 이 때문이리라. 조창환 시인은 이제 신성
을 허공에서가 아니라 새와 사람이 친구가 되고 있는 일상
의 한 장면에서 발견한다. 에크하르트는 "시간 속에서 하는
세상일들이 하느님을 찾는 관조적 삶이나 '종교적' 삶보다도

더 고귀하다"(길희성, 288쪽)고 주장했다고 한다. 바로 일상
생활 속에서 일어난 박무순 씨와 새의 장난스러운 교유야
말로 영적인 것이며, 그것은 성 프란체스코가 이미 도달했던
바 세계의 근저로 뚫고 들어가 신성과 합일되는 "돌파의 실
제 수행"과 같은 의의를 가진다.

  이렇게 일상의 삶에서 부딪치는 삶의 정경으로부터 신성
의 현현과 만나게 된 시인은, 이제 세계의 존재자들이 서로
상응하면서 초연하게 존재하는 장면을 그려낼 수 있게 된
다.

  백담사에서 오세암 가는 길

  구절초인지 쑥부쟁인지, 아니면 개미취인지
  작고 흰 꽃들이 뭉텅이져 흔들린다

  가을 오솔길에서 마주친 다람쥐가 걸음을 멈추고
  빤히 바라본다

  조금 더 걷다가 시든 풀숲으로
  부드럽게 미끄러지는 뱀, 누룩뱀 만난다

  뱀은 놀라지 않고 태연히 미끄러진다

높은 가지 위에서 오색딱따구리가 제 할 일 하고
가을 단풍은 태평무심이다

암자 가까이 마른 계곡으로 환한 그늘 뛰어내린다

젖 많이 나는 여인 같던 계절 지나
혓바닥으로 빨던 젖 풀고 가만히 숨 돌이키는

그늘, 환한 그늘
환한 그늘은 식지 않은 고요들에 젖은 입김을 나누어준다

백담사에서 오세암 가는 길
반쯤만 훔쳐본 비밀, 환한 그늘 속에 깃든

– 「환한 그늘 2」 전문

　시인이 길을 걷고 있다. 이에 이름 모를 작은 흰 꽃들이 보행 리듬에 맞추듯이 뭉텅이로 흔들리고 있다. 시인과 마주친 다람쥐는 시인을 "빤히 바라"보고, 뱀은 풀숲에서 "놀라지 않고 태연히 미끄러"지며, 시인 위로 "높은 가지 위에" 앉아 있는 오색딱따구리는 별 일 없다는 듯 "제 할 일 하고" 있다. 이렇게 세계 내의 존재자들이 서로 상응하면서도 초연하게 존재하고 있는 모습이 시인에게 가시화될 수 있었던 것은, 그가 초탈의 경지에 들어섰기 때문이다. 이제 세

계는 자신의 겉모습의 이면을, 즉 그늘을 초탈에 들어선 시인 앞에 드러내기 시작한다. 그 그늘은 보이지 않았던 신성의 존재가 자신의 그림자를 통해 현현하기 시작한 것으로, 위의 시에 따르면, 그것은 신의 젖을 먹고 환하게 부풀어 오른 신성이 "빨던 젖 풀고 가만히 숨 돌이"킬 때 드러난다. 신의 젖을 머금고 있는 그늘은 신성으로 환한 것인데, 그 그늘은 주변의 고요에 신의 젖으로 "젖은 입김을 나누어"주기도 한다. 그리하여 세계 역시 그늘이 나눠준 신성의 입김으로 환해지기 시작할 터이다. 그렇게 "환한 그늘"이 드러나고, 그 속에 깃든 신성이 조금씩 그늘 밖으로 퍼져나가고 있는 광경과 시인이 초연하게 만나게 됨으로써, 시인은 신성의 비밀을 "반쯤만 훔쳐"볼 수 있었다고 한다. 그것은 바라보기와 기다리기를 통해 획득한 초탈의 수련 끝에, 세상의 존재자들에 내재해 있는 순수 존재 –저 "오세암 가는 길"에서 마주한– 를 감지할 수 있었기 때문에 가능한 일이었으리라.

세계 안에 내재해있는 신성의 발견을 통하여 존재의 신비와 초월적 존재에 대한 외경을 추구하는 조창환 시인의 작업은 한국 현대시의 흐름에서 중요하고도 독자적인 위상을 점한다. 무잡한 언어와 세속적 상상력이 지배하는 우리 시대에 신성한 존재와 영적인 영역에 대한 깊이 있는 사색의 궤적을 보여주는 일은 소중한 의의를 지닌다. 밝고 아름답고 환한 언어로 세계를 대하며, 구도자적 자세로 끊임없이 정진하는 시인의 모습은 우리 시의 한 전범이 될 만하다.

허공으로의 도약

지은이 · 조창환
펴낸이 · 유재영
펴낸곳 · (주)동학사

1판 1쇄 · 2017년 5월 31일
출판등록 · 1987년 11월 27일 제10-149

주소 · 04083 서울 마포구 토정로53 (합정동)
전화 · 324-6130, 324-6131 | 팩스 · 324-6135
E-메일 | dhsbook@hanmail.net
홈페이지 | www.donghaksa.co.kr
www.green-home.co.kr

ISBN 978-89-7190-592-0 03810

※ 이 책은 서울문화재단 '2016년 문학창작집 발간지원사업'의
지원을 받아 발간되었습니다.